Jan Bratenstein Peter Snejbjerg Lars Bjørstrup
Michael Peinkofer

ORK SAGA

1

Zwei Brüder

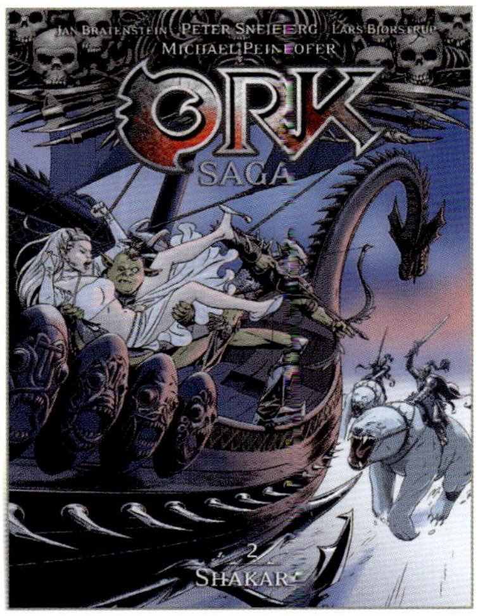

ORK-SAGA 2:
SHAKARA
erscheint Ende 2016

Impressum: **ORK-SAGA 1: ZWEI BRÜDER** erscheint bei Amigo Grafik GbR, Teinacher Straße 72, 71634 Ludwigsburg. Herausgeber: Hardy Hellstern und Andreas Mergenthaler; Lektorat: Filipe Tavares, Anne Thies, Sarah Weissbeck; basierend auf einem Roman von Michael Peinkofer; textliche Adaption: Jan Bratenstein; Zeichnungen: Peter Snejbjerg (snejbjerg.com); Farben: Peter Snejbjerg und Lars Bjørstrup; Lettering: Amigo Grafik; Ork-Logo: Timo Wuerz; Druck: Hagemayer, Wien.

März 2016 · ISBN (Printausgabe): 978-3-86425-673-8 · www.cross-cult.de

Die Originalausgabe erschien unter dem Titel „Die Rückkehr der Orks“ bei Piper Verlag GmbH, 1. Auflage 2006

Die Welt hatte viele Namen.
Die Elfen hatten sie AMBER getauft, vor vielen Zeitaltern, als das Land noch jung und unberührt war und nicht getränkt vom Blut der Schlachten.
Die Zwerge nannten sie DURUMIN, nach dem Riesen, der einst die Schätze der Welt bewachte, ehe der Neid der Drachen sie in die Tiefen der Erde verbannte.
Die Menschen, noch jung und arm an Mythen und Vergangenheit, gaben ihr den Namen ERDWELT, wie es ihrer schlichten Art entsprach.
Die Orks schließlich nannten sie SOCHGAL.

Einer von uns fiel einst von der wahren Lehre ab und wandte sich dunklen Künsten zu, trachtete danach, seine Macht und seinen Einfluss zu mehren.
Nachdem er frevlerischer Experimente überführt worden war, verbannte man ihn aus der Königsstadt Tirgas Lan.
Viele Jahre hörten wir nichts von ihm ... Jahre, in denen dunkle Wolken über amber heraufzogen.
Die Orks tauchten im Westen auf und vom Osten und Norden bedrohten Gnomen und Trolle unsere Grenzen.
In dieser Zeit kehrte Margok, der Dunkelelf, zurück.
Einst konnten wir ihn besiegen, doch mit falschen Versprechungen gelang es ihm, ein Bündnis aus Orks und Menschen zu schmieden und dieses erneut gegen Tirgas Lan zu führen.
Und es begann, was wir den zweiten Krieg nennen.

Viele Jahre dauerte der Kampf, ehe es Margok gelang, sich durch Verrat Zugang zur Königsstadt zu verschaffen.
Auf den Mauern von Tirgas Lan kam es zum entscheidenden Kampf, und nur durch Zauber und Magie gelang es, die Bedrohung abzuwenden und Margok erneut zu bezwingen.
Auf dass er nie wieder Schaden anrichten könne, wurde sein Körper verbrannt und sein unsterblicher, verdorbener Geist in die Mauern Tirgas Lans gebannt.
Das ganze Land aber wurde mit einem Fluch belegt, der aus Feldern und Äckern einen schier undurchdringlichen Urwald wachsen ließ, auf dass es keinem je gelänge, die verbotene Stadt zu finden.
Nur für den Einen, von dem Farawyns Weissagung berichtet und der einst kommen wird, um Tirgas Lan zu befreien und amber zu einen, wurde das Geheimnis all die Jahre bewahrt, hoch oben im Norden, im Tempel von Shakara.
Der Geist Margoks jedoch ist noch immer dort in Tirgas Lan, gebannt seit Jahrhunderten, aber noch genauso böse und zerstörerisch wie einst.
Die Chroniken von amber, niedergeschrieben vom ehrenwerten Aylonwyr, Ratsherr der Elfen.

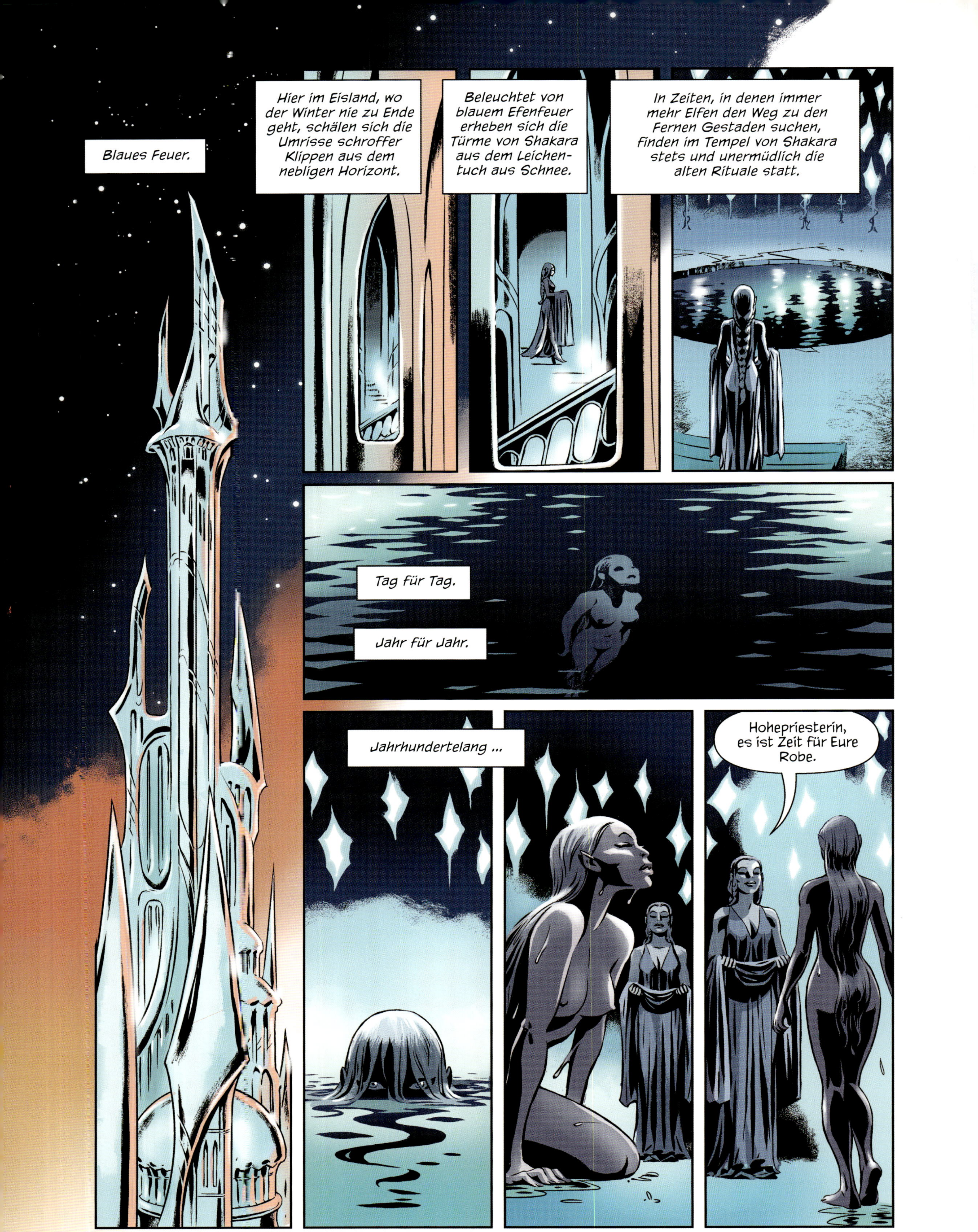

Blaues Feuer.
Hier im Eisland, wo der Winter nie zu Ende geht, schälen sich die Umrisse schroffer Klippen aus dem nebligen Horizont.
Beleuchtet von blauem Efenfeuer erheben sich die Türme von Shakara aus dem Leichentuch aus Schnee.
In Zeiten, in denen immer mehr Elfen den Weg zu den Fernen Gestaden suchen, finden im Tempel von Shakara stets und unermüdlich die alten Rituale statt.
Tag für Tag.
Jahr für Jahr.
Jahrhundertelang ...
Hohepriesterin, es ist Zeit für Eure Robe.

Ist alles bereit für das Ritual?
Ja, Herrin, alles ist bereit.
Hm. Wunderbar.
Genau wie jedes Mal, Herrin.
Ja ...
... genau wie jedes Mal.

Sie kommen!
Wie viele sind es?
Uuh...
PAFF!
Dummkopf! Kannst du nicht zählen?
Ngeing.
Bei Torgas Eingeweiden! Warum hat man mich zum Anführer einer so dämlichen Meute gemacht? Kannst du mir verraten, du Made, wie ich den Feind besiegen soll, wenn ich noch nicht einmal seine Stärke kenne?
Verdammt noch mal, ist hier keiner, der zählen kann? Hat Graishak mich mit einer Meute hirnloser *umbal'hai* in den Kampf geschickt?
Ich kann zählen.
Du? Wie heißt du?
Balbok ist mein Name.
Und du kannst also zählen, Balbok?
Ja, ich ...
Autsch!

Hör gar nicht auf ihn, Girgas. Glaub mir, er redet nichts als *shnorsh.*
So? Und woher weißt du das, wenn ich fragen darf?
Weil er mein Bruder ist. Mein Name ist Rammar.
Warum nur ist jede Made darauf aus, sich mir vorzustellen? Es ist mir gleich, wie ihr heißt, wenn ihr ordentlich kämpft und das Maul haltet, habt ihr verstanden?
Was ist nun? Kann der Lange zählen oder nicht?
Nein.
Ja.
Was soll der Blödsinn? Wollt ihr mich verscheißern?
Ich kann zählen.
Douk, kannst du nicht!
Kann ich wohl.
Kannst du nicht.
Und ob.
Nein, verdammt noch mal!
Unsere Meute besteht aus 28 Mann, einschließlich unseres Anführers Girgas. Das macht 52 Füße und 48 Augen, wenn man die Amputierten und Einäugigen mitrechnet.
Schön, du hast mich überzeugt. Du wirst gehen und die Stärke der Gnome auskundschaften.
Und du, Rammar, wirst ihn begleiten.
Ich soll ihn begleiten? Aber großer Girgas ...
Kriok!

Du dämlicher Sohn einer noch dämlicheren *mathorr*! Siehst du, was du mir eingebrockt hast? Jetzt müssen wir beide gehen!
Und?
Und? ich habe keine Lust, deinetwegen von wütenden Gnomen verhackstückt zu werden. Ich hab versucht, dich vor deiner eigenen Dummheit zu bewahren, aber du musstest so tun, als wärst du der weise Anartum. Schau, was du angerichtet hast ... du reitest uns beide in den *shnorsh*.
Aber ich habe dich nicht gebeten, mich zu begleiten.
Ich habe doch gesehen, wie du mich angeschaut hast! Du hast mich angefleht. Mein ganzes Leben lang geht das schon so. Und das nur, weil der Schoß unserer Mutter mich vor dir nach *sochgal* gespien hat!
BOOM BOOM BOOM BOOM
Aber nur ein paar Augenblicke.
Als ob das einen Unterschied macht!
Ich sollte dich aufschlitzen und deine Gedärme an die Moorgeister verfüttern, damit du endlich lernst, wie ...
Hörst du das?
Ja. Gnomen.
Autsch!
Blödmann. Ich weiß auch, dass das Gnomen sind. Aber aus welcher Richtung kommt das Getrommel? Man kann es kaum feststellen ...
Von da drüben. Ich kann sie riechen.
Was soll das heißen, du kannst sie riechen? Niemand kann Gnomen auf solche Entfernung riechen.
Na gut. Gehen wir nachsehen. Aber wehe, wenn du mir einen Troll aufgebunden hast, dann werde ich dafür sorgen, dass du nie mehr wieder irgendwas riechst.
BOOM BOOM BOOM BOOM

BOOM
BOOM
BOOM
BOOM
BOOM
BOO
... Zweiundvierzig, dreiundvierzig, vierundvierzig ...
Sie haben Bogenschützen dabei und mehrere Warge. Wenn diese Viecher uns wittern, sind wir verloren, also beeil dich.
Ich frage mich, was die grünen Kerle so weit im Süden wollen. Jeder weiß, dass diese Gegend uns Orks gehört. Aber wahrscheinlich sind ihre verlausten kleinen Gehirne nicht groß genug, um das zu begreifen.
... Fünfundachtzig, sechsundachtzig, siebenund...
Was ist?
Nichts. Bin fast fertig.
Worauf wartest du dann noch? Sohn eines Madenfressers, mach' endlich, damit wir verschwinden können.
Kann ich nicht. Weil ich die dort im Gras nicht sehen kann. Und wenn ich sie nicht sehe, kann ich sie auch nicht zählen.
Was redest du für dummes Zeug? Welche Gnomen meinst du?
Na ja ... die da.
RASCHEL
RASCHEL
Bei Kuruls Flamme! Gnomenkrieger! Sie pirschen sich an uns heran! Sie müssen uns entdeckt haben!
WAPP!
Bei Torgas Eingeweiden!

AAAAAAAAAARRGH
Da siehst du, was du angerichtet hast!
Ack!
KRSCH
Ngh!
Aarrgh!
SWACK
Drei zu eins.
Bilde dir darauf bloß nichts ein. Der bessere Krieger von uns beiden bin noch immer ich.
TÖÖÖÖÖÖT
RAARGH
Und jetzt?
Blöde Frage. Lauf!

RRRAAARRGH
Rammar?
Ich muss dir was sagen.
Ja?
Umbal ... hff... jetzt ist keine Zeit für Gefühlsduselei ... hff... aber wenn du es unbedingt wissen willst ... hff... ich bin auch froh ... hff... dich zum Bruder gehabt zu haben.
TWAK
THP
Das meine ich nicht.
Nein? Hff... was dann?
Mir ist grade eingefallen, dass wir unseren Auftrag nicht erfüllt haben. Wir wissen nicht, wie viele Gnomen es sind.
Balbok?
Ja, Rammar?
Tu mir einen Gefallen ... hff... halt die Klappe!
Was ist los? Ihr seht aus, als wärt ihr Kurul persönlich begegnet.
Die Gnomen ... hff...
Hff...
Hff...
Was ist mit ihnen?
RRRRAARGAARHH
Sie haben uns entdeckt ...

Bleibt hier!
Ihr Feiglinge, wo wollt ihr hin?
Weg, nur ...
SWACK!
... weg!
Keiner verlässt diese Lichtung!
Ihr elenden Maden werdet bleiben und kämpfen. Wir werden diesen verdammten Gnomen zeigen, was es wert ist, ein Ork zu sein, und wir werden unsere Klingen in ihrem stinkenden Blut baden.
Habt ihr mich verstanden?
Korr!
Korr! Korr!
Korr!
Korr!
Korr!
Wie viele sind es nun?
Genau weiß ich es nicht ... etwas über achtzig, schätze ich.
...
Ist das mehr als ein Dutzend?
Denke schon.
Dann sind es viele.

RRRRRRAAAARRRRAHH
HIIIIIAHAHIIHIII
Da kommen sie!
RRRGGRGLL
SWACK
SPLLSH
SWACK
Bogenschützen!

Vorwärts, ihr Maden! Wollt ihr denn ewig leben?
Naaaaaaargh!
SWACK
... Gnomengift ...
Kommt nur her!
Ein Warg und ein paar Pfeile? Ist das alles, was ihr zu bieten habt?

Hihiihiihiii
Aargh!
Helft mir! Verdammt, ihr Maden, helft mir gefälligst!
SSSHK
BOMP
Nnnnaaaaaaaahh!
Leb wohl, Bruder ...
He he he ...
Tötet sie, meine tapferen Gnomenkrieger.
Tötet sie bis auf einen. Der Tapferste unter ihnen soll mein Werkzeug werden ...

Du elender *umbal!* Wie oft habe ich dir gesagt, dass es sich nicht lohnt, den Helden zu spielen?
Aber nein, du musstest es ja wieder deinen *klogosh* hinhalten.
Hättest du auf deinen älteren Bruder gehört, dann wärst du noch am L…
Rammar!
Balbok!
Rammar!
Was ist los mit dir? Bist du verrückt geworden? Was soll das Theater?
Ich dachte, du wärst tot.
Bin ich nicht. Und du auch nicht, wie ich sehe.
Vielleicht kannst du mir auch erklären, wieso du noch lebst, während alle anderen massakriert wurden.
Das weiß ich nicht. Der Kampf war vorbei. Die Gnomen hatten unsere Krieger erschlagen, nur noch ich war übrig. Von allen Seiten haben sie mich eingekreist.
Ich konnte die Mordlust in ihren Augen sehen und wusste, dass es vorbei war. Aber plötzlich hatten sie es sich anders überlegt und sind abgezogen.
Wen die Grünhäutigen in ihren Klauen haben, lassen sie gewöhnlich nicht wieder los. Warum also haben sie dich übrig gelassen, hä?
Vielleicht haben sie es ja mit der Angst zu tun bekommen und sind geflüchtet.
Vor dir? Das hättest du wohl gerne.
Immerhin war ich der Letzte, der noch auf den Beinen stand.
Dabei fällt mir ein … wo warst du eigentlich?
Was soll die bescheuerte Frage? Ich habe natürlich auch gekämpft.
Oder willst du behaupten, ich hätte mich feige in einer Felsspalte verkrochen und gewartet, bis der Kampf vorüber wäre?

Was ist denn jetzt?
Du bist böse mit mir.
Korr, ich bin böse mit dir.
Sehr sogar. Ich kann es nun mal nicht ausstehen, wenn du ...
Douk. Ich bin nicht böse mit dir.
Aber wenn du noch einmal behauptest, ich wäre vor einem Kampf geflohen, dann werde ich dir eigenhändig die Gedärme rausreißen. Ist das klar?
Klar.
Dann lass uns zusehen, dass wir von hier fort kommen.
Was immer die Gnome dazu bewogen hat abzuziehen ... weit können sie noch nicht sein. Und ich bin nicht erpicht darauf, ihnen noch mal zu begegnen.
Was ist mit Girgas? Er war unser Anführer. Es ist unsere Pflicht, seinen Kopf zurückzubringen, damit er im Ritual des *shrouk-koum* unsterblich gemacht werden kann.
Das Ritual des *shrouk-koum*? Du schlägst allen Ernstes vor, Girgas' Schädel die ganze Strecke zurück nach Hause zu tragen, nur damit sie einen Schrumpfkopf daraus machen können?
So will es das Gesetz.
Tun wir es nicht, wird man uns aus dem Stamm verstoßen und unseren Besitz verteilen.
Echt?
So will es das Gesetz.
Dann sollten wir den alten Dickschädel wohl finden und nach Hause bringen.
Dort drüben!
Das gibt Ärger.
Shnorsh!

Ich kann es kaum erwarten, wieder zu Hause zu sein. Als Erstes werde ich mir einen guten Schluck Blutbier gönnen, danach werde ich mich in das faulige Laub unserer Höhle wühlen und schlafen.
Korr. Wenn sie uns lassen.
Mach dir keine Sorgen. Ich werde Graishak die Sache mit Girgas' Schädel schon erklären.
Aber das Gesetz sagt ...
Was hätten wir denn tun sollen? Auf die Schnelle einen Neuen schnitzen?
Du hältst einfach das Maul und überlässt das reden mir, kapiert? Dann kommt alles in Ordnung, du wirst schon sehen.
Ihr da! Wie lautet die Losung?
Was ist denn mit eurer Standarte passiert?
Schlagetot.
Und wo ist euer Anführer?
Tot. Gnomen.
Und wo habt ihr seinen Kopf gelassen? Das Gesetz sagt ...
Ich weiß, was das Gesetz sagt.
Bei Torgas Eingeweiden! Was ist passiert?
Nicht viel. Er hat nur in Graishaks Gegenwart gefurzt.
Halt bloß die Klappe! Ich rede, und du hältst das Maul, verstanden?

Was?
Mein Bruder und ich können nichts dafür.
Wir waren zum Spähtrupp eingeteilt, als wir entdeckt wurden. Wir konnten nur fliehen und die anderen warnen, die Übermacht war zu groß.
Wir haben tapfer gekämpft. Unser Anführer, der mächtige Girgas, hat ganz allein einen Warg getötet. Bis zuletzt sind wir nicht von seiner Seite gewichen, haben Schulter an Schulter mit ihm gefochten ...
Wie kommt es dann, dass ihr beide die Schlacht überlebt habt und er nicht?
Nur unserer Tapferkeit haben wir das zu verdanken, großer Graishak. Während andere Orks sich feige in Felsspalten verkrochen haben, haben wir gefochten. Auch als unser Anführer zu Boden sank, haben wir nicht nachgegeben.
Schließlich sahen die Grünhäutigen ein, dass es keinen Sinn hatte, weiter gegen uns anzurennen, und suchten ihr Heil in der Flucht.
Sie sind geflohen? Sagtet ihr nicht, ihre Übermacht wäre so erdrückend gewesen?
Das war sie. Aber wenn ein Krieger wie ich alle Zurückhaltung ablegt, großer Graishak, kann er wie ein Berserker kämpfen. Mein Bruder hat mir geholfen, aber im wesentlichen war ich es, der die Gnomen in die Flucht geschlagen hat.
Ich verstehe. Dann habt ihr euch Ruhm und Anerkennung erworben, meine Krieger, und einen Platz an meiner Tafel. Ganz *sochgal* wird schon bald euren Namen kennen.
Stellt sich nur noch eine Frage ...
Wo ist das Haupt eures Anführers?
Girgas' verdammter Schädel.
Wo, bei Gulz, habt ihr ihn gelassen?

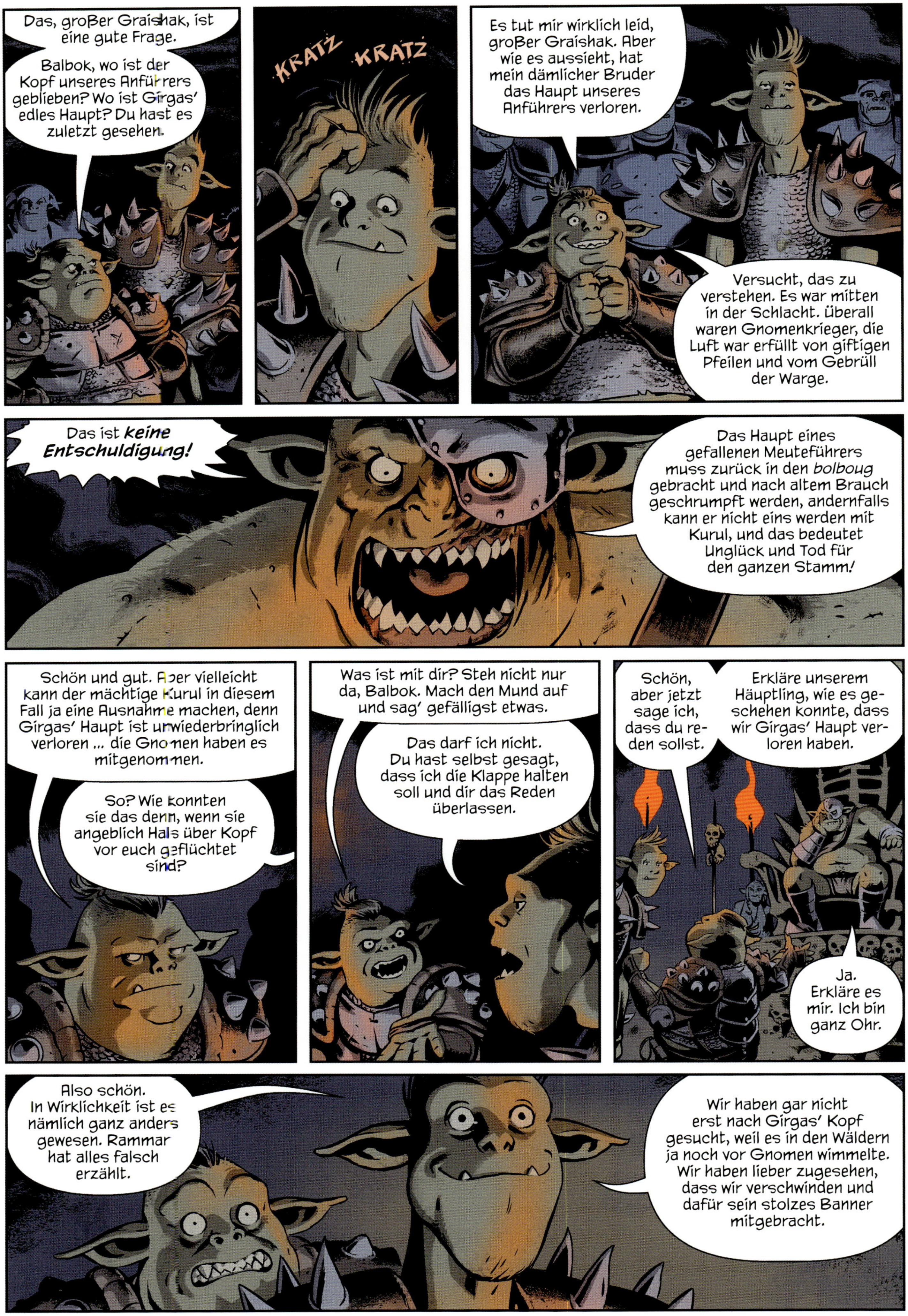

Das, großer Graishak, ist eine gute Frage.
Balbok, wo ist der Kopf unseres Anführers geblieben? Wo ist Girgas' edles Haupt? Du hast es zuletzt gesehen.
KRATZ KRATZ
Es tut mir wirklich leid, großer Graishak. Aber wie es aussieht, hat mein dämlicher Bruder das Haupt unseres Anführers verloren.
Versucht, das zu verstehen. Es war mitten in der Schlacht. Überall waren Gnomenkrieger, die Luft war erfüllt von giftigen Pfeilen und vom Gebrüll der Warge.
Das ist *keine Entschuldigung!*
Das Haupt eines gefallenen Meuteführers muss zurück in den *bolboug* gebracht und nach altem Brauch geschrumpft werden, andernfalls kann er nicht eins werden mit Kurul, und das bedeutet Unglück und Tod für den ganzen Stamm!
Schön und gut. Aber vielleicht kann der mächtige Kurul in diesem Fall ja eine Ausnahme machen, denn Girgas' Haupt ist unwiederbringlich verloren ... die Gnomen haben es mitgenommen.
So? Wie konnten sie das denn, wenn sie angeblich Hals über Kopf vor euch geflüchtet sind?
Was ist mit dir? Steh nicht nur da, Balbok. Mach den Mund auf und sag' gefälligst etwas.
Das darf ich nicht. Du hast selbst gesagt, dass ich die Klappe halten soll und dir das Reden überlassen.
Schön, aber jetzt sage ich, dass du reden sollst.
Erkläre unserem Häuptling, wie es geschehen konnte, dass wir Girgas' Haupt verloren haben.
Ja. Erkläre es mir. Ich bin ganz Ohr.
Also schön. In Wirklichkeit ist es nämlich ganz anders gewesen. Rammar hat alles falsch erzählt.
Wir haben gar nicht erst nach Girgas' Kopf gesucht, weil es in den Wäldern ja noch vor Gnomen wimmelte. Wir haben lieber zugesehen, dass wir verschwinden und dafür sein stolzes Banner mitgebracht.

Das Banner habt ihr also mitgebracht, ich verstehe. Und dann seid ihr damit nach Hause gegangen, statt die Gnomen zu verfolgen.
Richtig.
Sei still. Du bringst uns noch um Kopf und Kragen.
Keine Spur. Ich habe ja alles aufgeklärt, was du durcheinander gebracht hast.
Du wirst mir noch dankbar sein.
Ich soll dir dankbar sein? Jetzt reicht's!
Du dämliche, zu groß geratene Missgeburt! Elender Trollfurz! Du faule Ausrede für einen Ork! Das war das letzte Mal, dass du uns in den *shnorsh* geritten hast! Ich werde dir eigenhändig den Kopf abreißen und ihn dir in deine dumme Visage werfen, damit du ...
Kriok!
Haltet augenblicklich den Rand, alle beide, oder ich reiße euch die Zungen raus und gebe sie euch zu fressen, verstanden?
Hört mir gut zu, ich werde euch eine Geschichte erzählen.
„Vor vielen Jahren, in einem besonders strengen und kalten Winter, war eine Orkmeute auf Raubzug im nördlichen Grenzland unterwegs."
„Unter ihnen war ein junger Krieger. Es war sein erster Raubzug, und er war ganz wild darauf, Menschen zu jagen und Gnomenschädel zu spalten."
„Aber es kam nicht dazu."
„Denn als die Meute in einer Senke vor einem Schneesturm Zuflucht suchte, wurde sie von Zwergensöldnern aus dem Ostland überfallen."
„Es kam zum Kampf und der junge Kerl bekam eine Axt in den Schädel noch ehe der Spaß so richtig begonnen hatte."

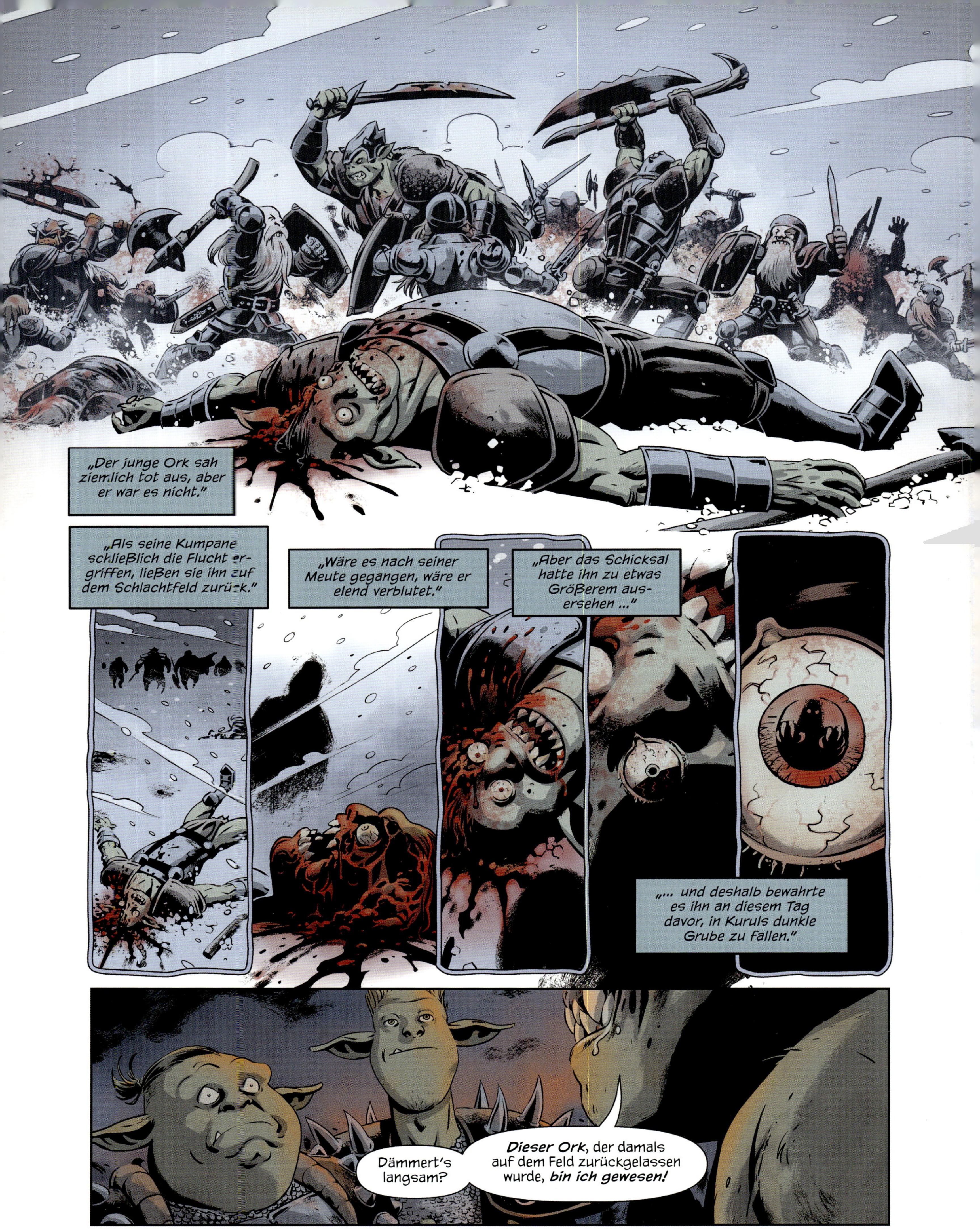
„Der junge Ork sah ziemlich tot aus, aber er war es nicht."
„Als seine Kumpane schließlich die Flucht ergriffen, ließen sie ihn auf dem Schlachtfeld zurück."
„Wäre es nach seiner Meute gegangen, wäre er elend verblutet."
„Aber das Schicksal hatte ihn zu etwas Größerem ausersehen ..."
„... und deshalb bewahrte es ihn an diesem Tag davor, in Kuruls dunkle Grube zu fallen."
Dämmert's langsam?
Dieser Ork, der damals auf dem Feld zurückgelassen wurde, bin ich gewesen!

Seither kann ich es nicht leiden, wenn ein Krieger seine Kumpane im Stich lässt, seien sie nun tot oder nicht!
Dieses Ding ist ein ewiges Andenken an jenen Tag, das mich daran erinnert, was ich Feiglingen wie euch zu verdanken habe.
Ich bin zurückgekehrt und habe allen den Schädel eingeschlagen, die mich zurückgelassen haben, einschließlich des Anführers. Und nun verratet mir, was ich mit euch beiden anfangen soll!
Gnade, Gnade!
Lasst Gnade vor Recht ergehen und denkt daran, dass wir gekämpft haben bis zuletzt und tapfer gefochten, das schwöre ich ...
Soll ich deinen Bruder fragen? Ich bin sicher, er würde mir etwas anderes erzählen. Nur einer von euch konnte diesen Kampf überleben, der andere lügt wie ein Zwerg auf Stelzen ...
... aber ich werde euch nicht hinrichten.
Nicht?
Jedenfalls vorerst nicht. Aber bilde dir nur nicht ein, dass dein Gejammer mich umgestimmt hätte. Ich lasse euch Versager nur am Leben, damit ihr euren Fehler wiedergutmachen könnt.
Also geht zurück und bringt mir Girgas' Haupt.
Seid ihr zurück, bis der Blutmond voll ist, schenke ich euch das Leben.
Wenn nicht, seid ihr vogelfrei, und es wird mir ein Vergnügen sein, euch die *faihok'hai* auf den Hals zu hetzen. Habt ihr mich verstanden?

„N... natürlich."
Da kommen Balbok und Rammar. Macht Platz Leute, die großen Krieger sind da.
Nur leider haben sie was vergessen.
HE HAHAHA HA HE HAHAHA
Seht zu, dass ihr Girgas' Haupt findet!
Hihihiihihi
Und traut euch nicht, ohne es zurückzukommen.
Ihr seid eine Schande für den *bolboug*!
Ihr seid keine Orks!
Ihr seid Maden!
Maden!
Ma...den, Ma...den ...
WHUMP
Au!
Hört sofort auf damit, wir gehen ja schon!
Aber wir kommen wieder, und dann werden wir euch Girgas' Haupt vor die Füße schmeißen, ihr werdet schon sehen!
KLANG

R... Rammar?
Rammar?
Bist du mir böse?
Ob ich dir böse bin, fragst du? Nein, natürlich nicht! Warum sollte ich dir böse sein?
Du kannst schließlich nichts dafür, dass dich Kurul mit dem Verstand eines Holzkeils geschlagen hat. Und du kannst auch nichts dafür, dass du mich vor Graishak wie einen Lügner hast aussehen lassen.
Natürlich kannst du auch nichts dafür, dass wir jetzt losziehen müssen, um Girgas' dämlichen Schädel zu suchen, der wahrscheinlich längst vor irgendeiner Gnomenhöhle auf einem Spieß steckt.
Du trägst auch keine Schuld daran, dass uns das wahrscheinlich das Leben kosten wird. Warum also sollte ich dir böse sein, hä? Nenn' mir nur einen guten Grund!
Du hast uns mal wieder mitten in den *Shnorsh* geritten, und ich habe die Schnauze endgültig voll davon, deinetwegen fortwährend Schwierigkeiten zu haben.
W... was?
Ab heute sind wir geschiedene Leute. Ich will dich nicht mehr zum Bruder, hast du verstanden?
Aus und vorbei, das war's! Mach deinen Mist in Zukunft ohne mich. Und komm nicht auf den Gedanken, mir zu folgen. Hast du kapiert?
Aber ...
Mmfffff.
R... Rammar?

Raaammar
Raammmaar
Girgas?
Ahahahahahaha!
Aaaaaaahh!
BOING
BOING

Waaah!
hff ...
hff ...
KRACK
KRACK
KRACK
AAAAAA
KRRACK
FLATSCH
Was bei Torgas Einge-weiden ...?
Hehehehehe.
Hehehe
Hihiii Hihihi

Hff hff hff hff
... Eine Zwingburg ...
Verdammt, was macht ihr da?
Ich bin den ganzen Tag marschiert, ich muss mich ausruhen! Legt mich gefälligst auf den Boden, wenn ihr mich unbedingt fesseln müsst!
Ihr dämlichen grünen Kerle ...
Uh oh.
Grrrrummmel
He!
Ich muss mal.

Nein! Nicht ...
Iiek. Hihi.
Harharhar.
Chhhhh. Harhar.
Toll. Lacht noch lauter, damit es auch wirklich jeder erfährt.
Könnt ihr mir erklären, was daran so komisch sein soll?
Ich muss mal, da ist nichts dabei. Müssen Gnome etwa nicht?
Nicht! Was soll das? Lasst das sofort bleiben!
PIEK
SSSCHAK
Iiiiiieeeeeh...
SSCHUKKK
Wer zum ...?

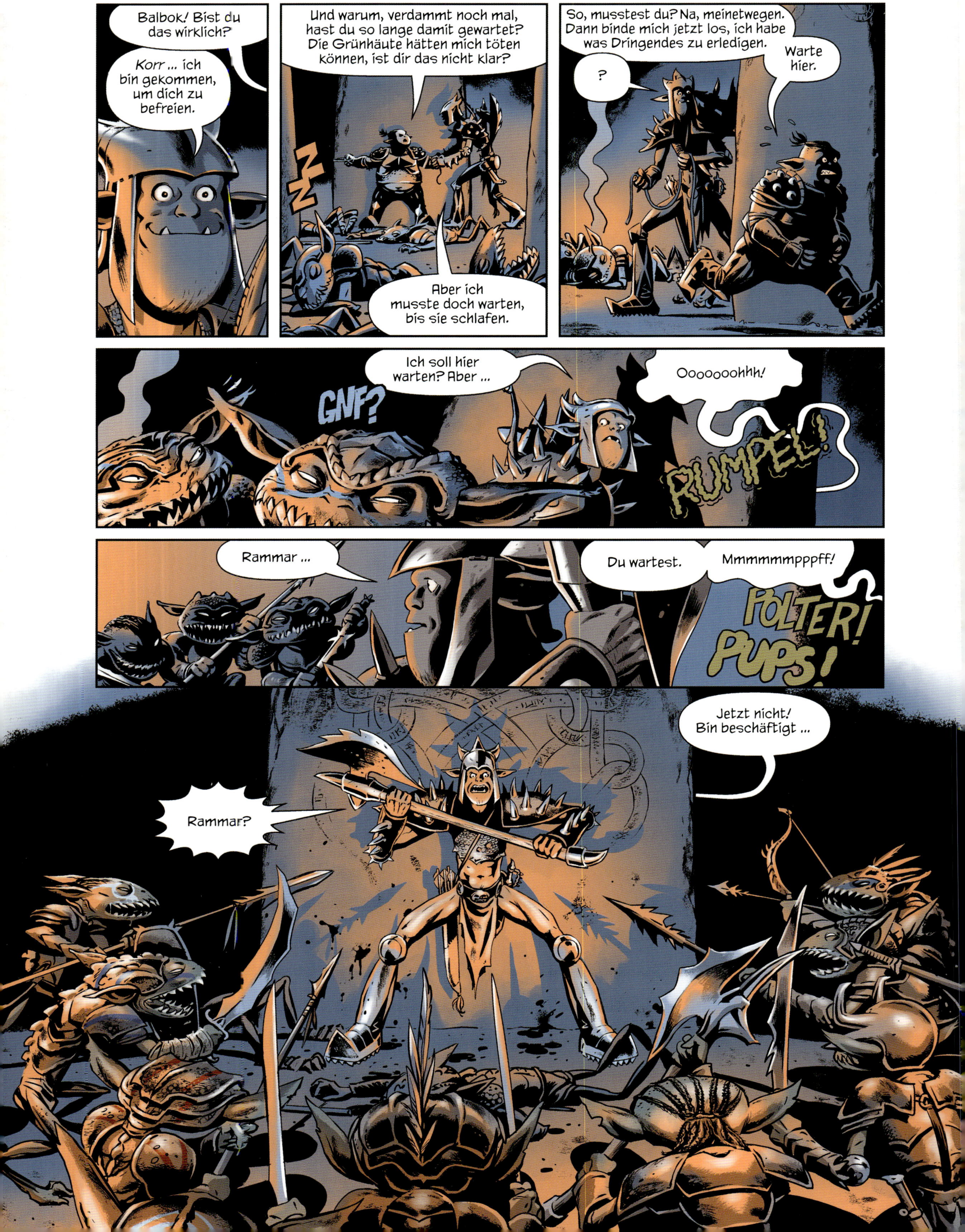
Balbok! Bist du das wirklich?
Korr ... ich bin gekommen, um dich zu befreien.
Und warum, verdammt noch mal, hast du so lange damit gewartet? Die Grünhäute hätten mich töten können, ist dir das nicht klar?
Aber ich musste doch warten, bis sie schlafen.
So, musstest du? Na, meinetwegen. Dann binde mich jetzt los, ich habe was Dringendes zu erledigen.
?
Warte hier.
GNF?
Ich soll hier warten? Aber ...
Oooooooohhh!
RUMPEL!
Rammar ...
Du wartest.
Mmmmmmppppff!
POLTER!
PUPS!
Jetzt nicht! Bin beschäftigt ...
Rammar?

UUUAARRRRGHHH!
SWACK
SWACK
SWACK
Rammar!
Verdammt noch mal! Kannst du nicht leiser sein? Ich brauche Ruhe ...
'Tschuldigung.
AAAAAR

Ackk!
CHUK
Krock!
SWACK
Puh. Hab ich was versäumt?
Über-haupt nicht. Hff. Hff.

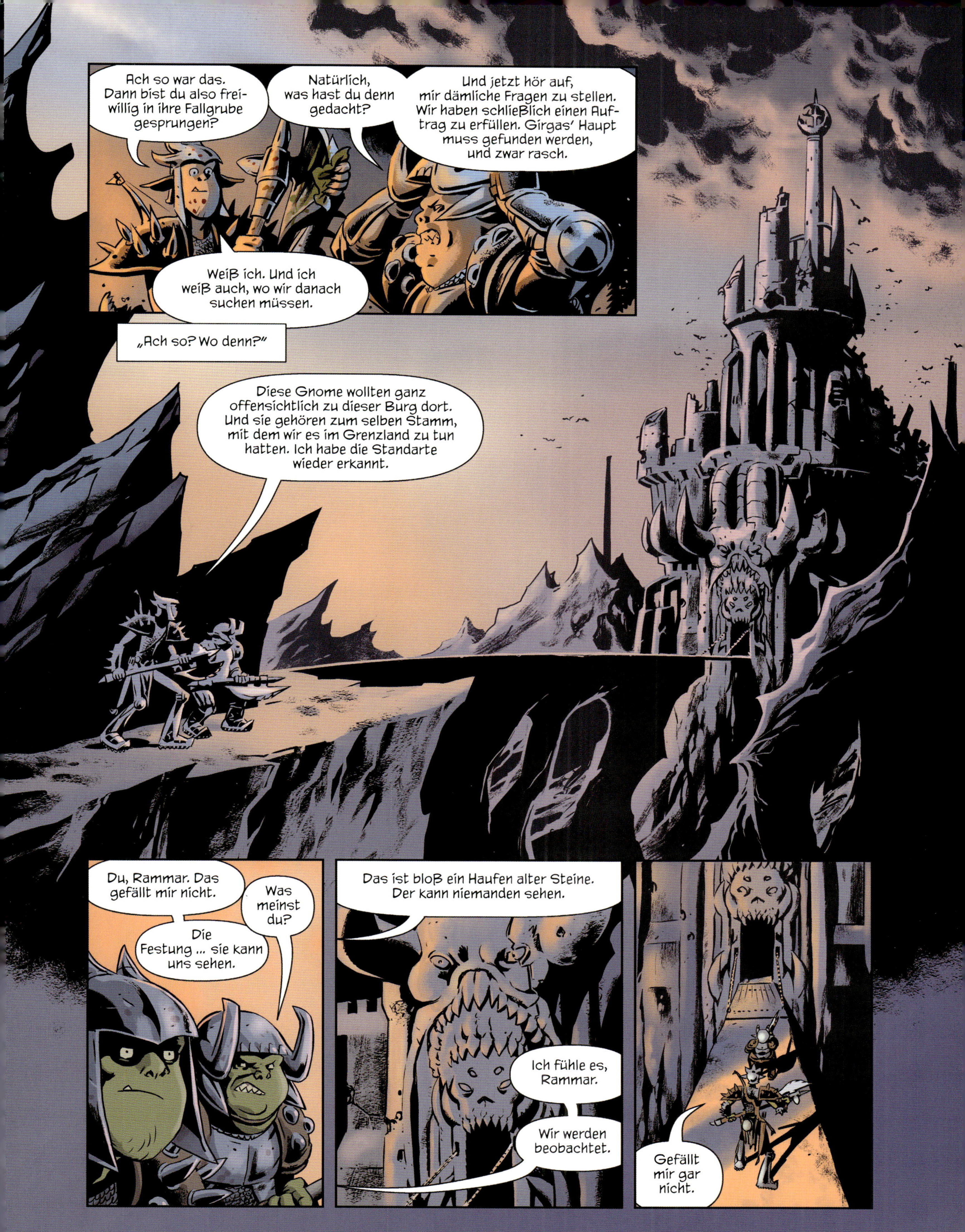
Ach so war das. Dann bist du also freiwillig in ihre Fallgrube gesprungen?
Natürlich, was hast du denn gedacht?
Und jetzt hör auf, mir dämliche Fragen zu stellen. Wir haben schließlich einen Auftrag zu erfüllen. Girgas' Haupt muss gefunden werden, und zwar rasch.
Weiß ich. Und ich weiß auch, wo wir danach suchen müssen.
„Ach so? Wo denn?"
Diese Gnome wollten ganz offensichtlich zu dieser Burg dort. Und sie gehören zum selben Stamm, mit dem wir es im Grenzland zu tun hatten. Ich habe die Standarte wieder erkannt.
Du, Rammar. Das gefällt mir nicht.
Was meinst du?
Die Festung ... sie kann uns sehen.
Das ist bloß ein Haufen alter Steine. Der kann niemanden sehen.
Ich fühle es, Rammar.
Wir werden beobachtet.
Gefällt mir gar nicht.

Es könnte auch eine Falle sein.
Schmarren.
Um uns eine Falle zu stellen, müssten die erst mal wissen, dass wir hier sind.
Ich sag dir was, Klugscheißer ... die haben die Brücke runtergelassen und das Tor aufgemacht, weil sie die Rückkehr ihres Kriegstrupps erwarten. Aber der wird nicht kommen, soviel steht fest.
!
Na schön. Wäre es dir lieber, wenn einer von uns draußen bleiben und Wache halten würde? Nur für den Fall, dass dem anderen etwas zustößt oder er in Gefangenschaft gerät?
Das allerdings.
Korr. Dann geh du. Ich bleibe hier und halte die Stellung für den Fall, dass etwas schief geht.
Warum gerade ich?
Weil's deine Idee war, deshalb. Und nun geh' endlich, wir haben nicht den ganzen Tag Zeit.
?
POK!
!
BONK
Ooooh Uuuu...

Ruuuhig ...
Wenn Rammar hier wäre, würde er sagen, dass ich mich zusammenreißen soll. Ich bin schließlich ein Ork aus echtem Tod und Horn ...
CRK
Und es war doch eine Falle.

Na wartet ...
KKRRRKKKK
BAFF
Ooouuuu...

Hmm...?
Oh.
HAHAHA! HAHAHA!
Wer lacht da? Wer wagt es ...?
Ich habe mit euch zu reden.
Mit uns? Hast du gehört, Balbok? Man will mit uns reden!
Hmm? Was'n los?
Dämliche Frage. Wir wurden entdeckt und von den Gnomen gefangen, und nun befinden wir uns in der Gewalt eines Zauberers.
Eines Zauberers?
Rurak!

Was faselst du?
Rurak ...
Unsinn. Rurak gibt es nicht wirklich. Er ist nur eine Sagengestalt, mit der man kleine Orks erschreckt.
Bist du dir da sicher, mein Freund?
R... Rurak? Der Schlächter?
Das ist einer meiner Namen. Einer der vielen, die ich angenommen und abgelegt habe, seit ich auf dieser Welt wandle.
Es freut mich zu sehen, dass er bei den Orks nicht vergessen wurde.
D... der zweite Krieg ist lange vorbei. Nicht einmal ein Zauberer lebt solange, o... oder?
Es kommt darauf an, welchen Zaubers er sich bedient.
Aber seid unbesorgt, meine hässlichen Freunde. Es wird euch nichts zustoßen, solange ihr tut, was ich von euch verlange.
W... wirklich?
Und was verlangt ihr von uns, erhabener Zaubrer?
Das werde ich euch verraten. Aber vorher will ich euch zeigen, was euch erwartet, wenn ihr mein Angebot ausschlagt.
Seht, unter euch!

Schaut hinein ...
... in Kuruls dunkle Grube!
Aaaa-aaaaaa-ahhh!
Aaaa-aaaaaa-ahhh!
Ich glaube, ich sollte euch jetzt von euren Fesseln befreien.
PRRATTER!!

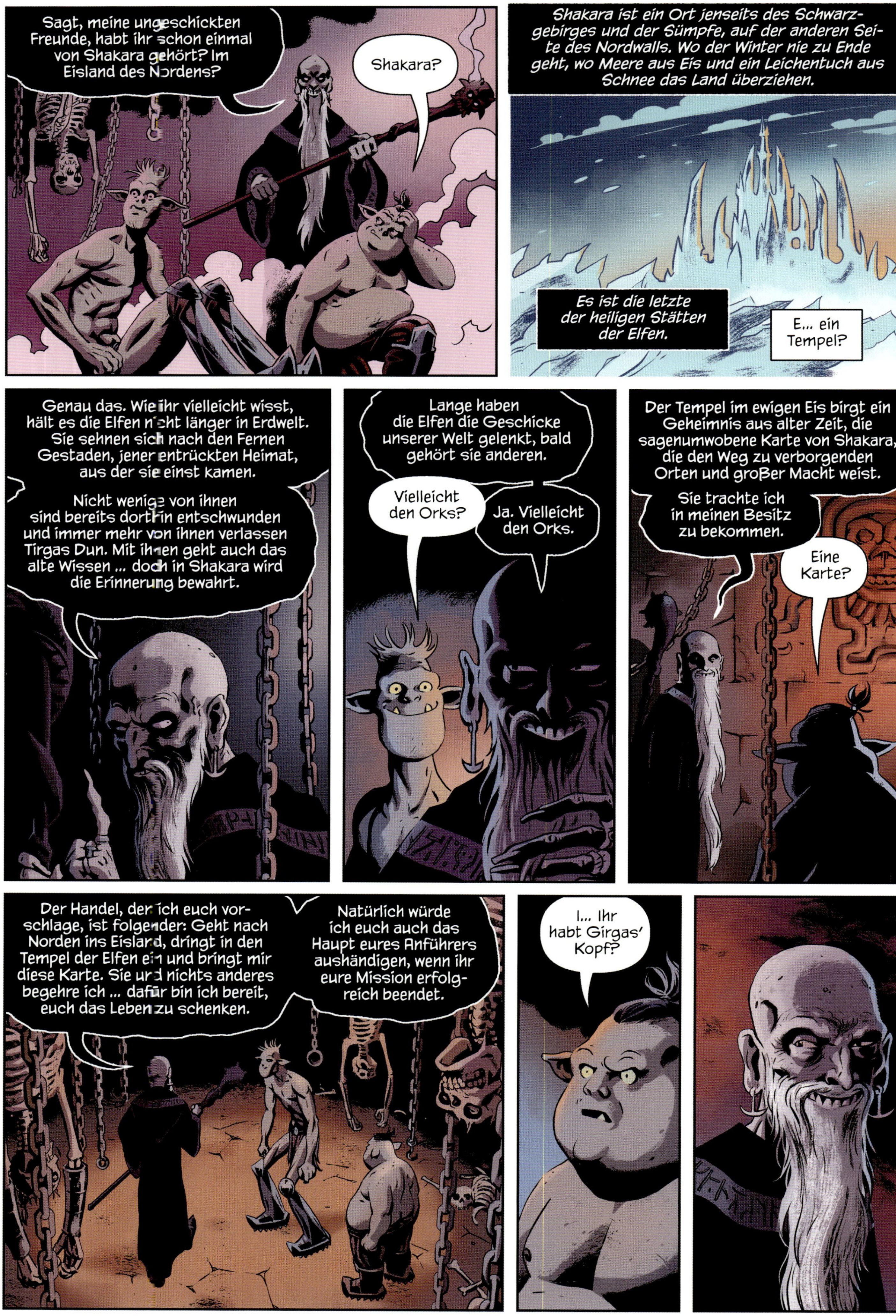
Sagt, meine ungeschickten Freunde, habt ihr schon einmal von Shakara gehört? Im Eisland des Nordens?
Shakara?
Shakara ist ein Ort jenseits des Schwarzgebirges und der Sümpfe, auf der anderen Seite des Nordwalls. Wo der Winter nie zu Ende geht, wo Meere aus Eis und ein Leichentuch aus Schnee das Land überziehen.
Es ist die letzte der heiligen Stätten der Elfen.
E... ein Tempel?
Genau das. Wie ihr vielleicht wisst, hält es die Elfen nicht länger in Erdwelt. Sie sehnen sich nach den Fernen Gestaden, jener entrückten Heimat, aus der sie einst kamen.
Nicht wenige von ihnen sind bereits dorthin entschwunden und immer mehr von ihnen verlassen Tirgas Dun. Mit ihnen geht auch das alte Wissen ... doch in Shakara wird die Erinnerung bewahrt.
Lange haben die Elfen die Geschicke unserer Welt gelenkt, bald gehört sie anderen.
Vielleicht den Orks?
Ja. Vielleicht den Orks.
Der Tempel im ewigen Eis birgt ein Geheimnis aus alter Zeit, die sagenumwobene Karte von Shakara, die den Weg zu verborgenden Orten und großer Macht weist.
Sie trachte ich in meinen Besitz zu bekommen.
Eine Karte?
Der Handel, der ich euch vorschlage, ist folgender: Geht nach Norden ins Eisland, dringt in den Tempel der Elfen ein und bringt mir diese Karte. Sie und nichts anderes begehre ich ... dafür bin ich bereit, euch das Leben zu schenken.
Natürlich würde ich euch auch das Haupt eures Anführers aushändigen, wenn ihr eure Mission erfolgreich beendet.
I... Ihr habt Girgas' Kopf?

RRRUMMMPEL
Wie ihr seht.
Er wird euch übergeben, sobald ihr den Auftrag erfüllt und mir die Karte gebracht habt. Und denkt daran ... euer Leben ist verwirkt, wenn eure Mission misslingt.
Denn ohne die Karte werdet ihr das Haupt eures Anführers nicht bekommen. Man wird euch jagen und zur Strecke bringen, damit eure geschrumpften Köpfe in Kuruls Halle Ersatz schaffen.
Und die Gefahren, die unterwegs lauern? Die Ungeheuer in den Sümpfen?
Die Zwerge in den Bergen? Die Elfen, die den Tempel bewachen?
Ihr werdet das Feldzeichen von Rurak dem Schrecklichen mit euch führen, wenn ihr zum Eistempel aufbrecht und jede feindselige Kreatur, die es erblickt, wird furchtsam zurückweichen.
Die magische Aura der Standarte wird euch schützen.
Korr. Wir holen die Karte und kriegen dafür Girgas' Kopf. Ist doch großartig, Rammar!
Ja, wirklich großartig. Denk nach, Faulhirn!
Graishak hat uns Zeit bis zum vollendeten Blutmond gegeben, das sind nur noch wenige Tage. Hast du eine Ahnung, wie lange es dauern wird, die Sümpfe und den Nordwall zu überwinden?
Ihr könnt mein Angebot natürlich ausschlagen.
Dann werde ich jetzt meine Gnome rufen und ihnen sagen, dass ihr lieber gleich sterben wollt, als euer Glück zu versuchen und sie werden mit euch verfahren wie mit diesen dort.
Es ist eure Entscheidung.

„Na ja, wenn das so ist ...“
„Korr, Zauberer. Der Handel gilt.“
Meine Standarte! Hier, nehmt meine Standarte! Ihre magische Aura wird euch schützen ...
Du warst doch auch dafür, dass wir Ruraks Zeichen mitnehmen.
Schon. Aber da wusste ich noch nicht, dass das verdammte Ding so *schwer* ist!
Hier, trag du.
Uff.
Seit zwei Tagen sind wir nun unterwegs und alles, was wir zu sehen kriegen, ist Nebel und Fels. Ich hab' die Schnauze voll davon.
Das ist das Land unserer Ahnen!
KKRKKKK
Na und? Deswegen hab ich trotzdem die Schnauze voll davon. Ich will ...
Wuaah!
BRRUMM
Komm schon, du großer Affe, wir müssen uns einen Unterschlupf suchen, ehe das Unwetter losbricht!
Ich habe etwas gerochen.
Feind.
Dort oben! Eine Höhle! Das ist unsere Rettung!
KRRKKK BRRUMM

Da war es wieder.
Was denn? Gibst du noch immer keine Ruhe?
Ich sage dir, da ist nichts, wovor du dich fürchten müsstest ... außer vielleicht vor dem Unwetter.
Nicht auszudenken, wenn wir jetzt noch da draußen wären ...
... Balbok?
Uchl-bhuurz!
Allmählich habe ich genug von deinem dämlichen Benehmen! Musst du immer den wilden Ork spielen?
Was ...?
PLOP
HHSSSSSSSSS!!
Uchl-bhuuuurz!

Cudach! Ein verdammter Skorpion ...!
Jaaaaaarrggh!
SPLASH
TCHAK

Balbok! Elender Feigling, lass mich nicht im Stich ...!
Aaaah!
Aaaah!
Aaaah!
PLATSH
PLATSCH
He du! Sieh gefälligst her, wenn ich mit dir rede ...
Sieh her! Die Standarte Ruraks!
Die macht ...
äh
... irgendwas.
HSSSSSSS
Shnorsh.

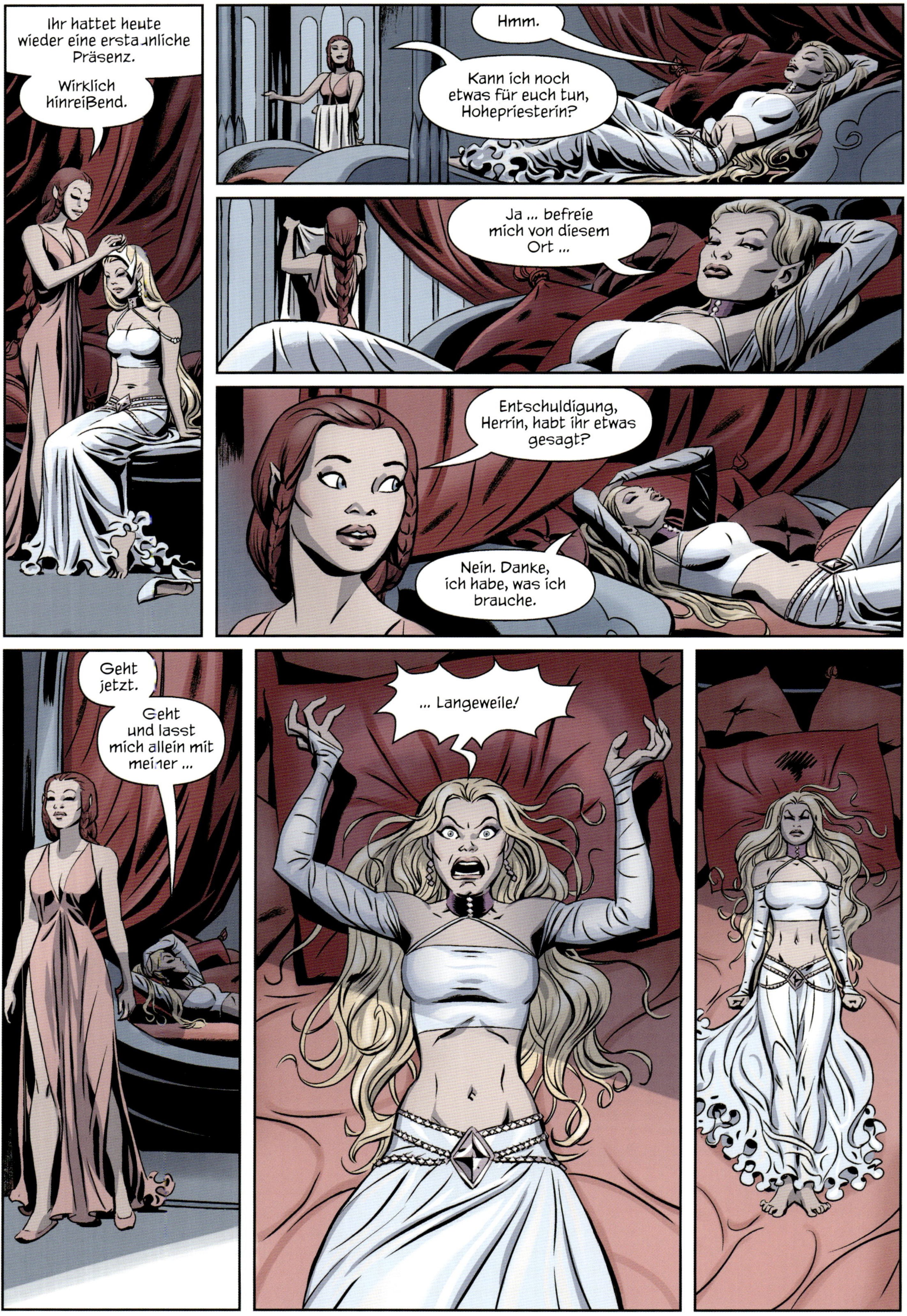

Fortsetzung folgt!